L'INCRÉDULE

CONFONDU

PAR LUI-MÊME

AVANT-PROPOS.

Quelque chose que l'homme fasse pour s'étourdir dans ses Déréglemens, l'homme ne sera jamais d'accord avec lui-même; il faut que, malgré lui, il reconnoisse une Puissance au-dessus de lui; il a beau ne vouloir admettre en tout que le Hazard, le Destin, il faut qu'il soit confondu en lui-même voyant que tout est réglé dans l'Univers, qu'aucun Globe, qu'aucun Etre ne s'y confond avec un autre, que chacun dans son rang fait sa fonction: chaque Minéral s'attache à son Minéral, chaque Végétal à son Végétal; tous les Etres, en un mot dans leurs différents Règnes suivent une Destination réglée. N'en voilà-t-il pas assez pour que l'homme reconnoisse, malgré lui, l'Auteur de la nature, l'Auteur de l'ordre, de toute Justice, & pour qu'il le craigne au mi lieu même de ses Déréglemens. Toutes les contradictions des hommes sont comme les contraires qui doivent les guérir de leur erreur au sujet d'un Etre Suprême, pour peu qu'ils écoutent la voix de la raison; & le premier pas qu'ils doivent faire en raisonnant, c'est d'adorer cet Etre qu'ils ne peuvent comprendre; c'est d'être justes les uns envers les autres, de s'aimer & de se supporter étant aussi foibles, aussi ignorans les uns que les autres à l'égard des choses divines & de tout ce qui nous environne.

L' LN-

INCRÉDULE

FONDU PAR LUI-MÊME.

Astra trahant, retrahant, sapiens dominabitur astris;
Neve putes alium sapiente, bonoque beatum.

Uï, malgré moi, je crois à l'aveugle Destin
Quand, malgré moi, je céde au désordre intestin!
Si je me sens forcé de trahir ma pensée,
Malgré tous les efforts de ma raison blessée,
C'est qu'il est un pouvoir qui fait la dure loi
A tout secretement, je le ressens en moi.
O rigoureux Destin qui termine ma vie!
Pourquoi me la donner si peu digne d'envie!
N'avois-je ressenti l'attrait de la vertu
Que pour être par toi, par elle combattu!
Quoi! J'apperçois le bien dans l'instant je l'approuve,
Je hais & fais le mal, Dieu juste me reprouve!
Ah! si je suis forcé de céder au Destin,
Il n'est point d'autre Dieu, de principe & de fin.
O vertu des mortels! tu n'es qu'une chimère,
Si le Destin fait seul leur bien & leur misère.
Quoi! le crime est puni, le crime est respecté,
Et la vertu loüée est dans la pauvreté!
Le tems, l'occasion, le pouvoir dans ce monde
Sont la source du bien, des maux dont il abonde:
Près du bien est le mal, l'un de l'autre est l'accord,
L'Equilibre obéit au caprice du sort.

A 2   Si

Si dans cet univers tout naît, meurt, se succéde,
En tout dans l'univers c'est le sort qui procéde ;
Toute combinaison n'est qu'un concours fortuit,
Le tout est éternel si rien ne la produit ;
Nos vains raisonnemens fondés sur la chimère
Ne sont que préjugés si tout est arbitraire ;
Tout est effet & cause & mutuellement
Se détruit, se produit continuellement.
Si rien ne vient de rien tout est donc par soi-même,
Rien ne s'annéantit par un pouvoir suprême ;
Si tout est plein, immense, il n'est point de néant,
Point de Divinité que le sort inconstant :
Tout végète ou respire & si l'esprit seul pense,
L'esprit s'égare & perd comme un son son essence.
Un Etre intelligent qui semble présider
A tant d'orbes divers n'est point pour les guider,
C'est un enchaînement de causes nécessaires ;
La crainte fit des Dieux de ses propres chimères.
Qu'au Ciel Jupiter tonne & frappe le sommet
Du mont le plus hardi, la crainte nous soumet :
Jupiter n'est qu'un feu de souffre & de salpêtre,
Et la foudre n'est point l'arme d'un suprême Etre,
Elle est des Elémens le terrible combat ;
Ce sont l'air & le (a) feu qni causent tant d'éclat.
Mortels trop malheureux ! bannissez toute crainte,
Tout n'est que préjugés ou qu'erreur ou que feinte ;

Vos

(a) *Le feu artificiel, le feu élementaire, la lumière ne se pénètrent pas plus que la matière ; ils en dépendent, s'en nourrissent, s'augmentent par elle ; & si l'esprit nourrit l'esprit, la matière nourrit la matière ; qu'elle soit plus grossière, plus subtile, elle sera toujours au fond la même. Il n'y a dans l'univers qu'une seule matière, si elle est si diversifiée ce n'est que par l'arrangement, la configuration des parties : en un mot tout ce qui a des parties est étendu, & l'étenduë est l'essence de la matière, les autres qualités n'en sont que les modes variables. Nos petits yeux n'en peuvent voir davantage, nos petites cervelles n'en comprendront pas plus.*

Vos remords font l'effet de vôtre illufion ;
La brute eft plus heureufe en fa condition ;
Sans foins pour l'avenir , le préfent la contente ;
Elle feule jouït , nul défir la tourmente ,
Elle arrive fans crainte à fa dernière fin ,
Et n'eft que plus heureufe en ne fentant plus rien.
Mortels ! l'ambition fait tout vôtre fupplice ,
En approfondiffant , vous creufe un précipice.
Qui vous apprit que l'homme , alors qu'il eft formé ,
D'un Efprit immortel étoit feul animé ,
Et que ce chien qui fuit la trace de fa proye ,
Qui reconnoît fon maître & lui prouve fa joye ,
Qui veille à fa défenfe & s'attache à lui feul ,
Qu'en Automate au fond fe mouvoit l'épagneul ?
Quoi ! l'homme qui s'ignore & fe détruit foi-même ,
Seroit-il plus parfait s'il eft en tout extrême ?
Si l'homme naît & meurt de même que le chien ,
L'un & l'autre à la mort ne reffentent plus rien ;
De leur pouffière il doit fortir un nouvel Etre ,
Une rave , une fleur , un chou , peuvent en naître :
Tout ne fait que changer dans ce vafte univers ,
Tout y renaît de foi dans des Etres divers ;
La révolution les élève ou rabaiffe ,
Et leur Etat dépend de l'inftant qui les preffe :
Ainfi le malheureux deviendra fortuné
Selon la circonftance où chacun fera né.
Tous les Etres formés de la même matière
Ici bas comme aux cieux pourfuivent leur carrière ,
Différents au déhors ils font égaux au fond ;
La mouche , l'Eléphant , l'Homme que tout confond ,
Aftres , plantes & fleurs , l'humble Rofeau , le Chêne ,
Tout céde également à la loi qui l'entraîne ,
Et tout dans le concours revient au même point ;
Tout femble raifonné mais ne raifonne point ;
Les Etres tour à tour prenant une autre face ,
Chacun eft , malgré foi , comme le fort le place ;
Et ces mots alignés s'ils font à l'uniffon ,
Comme tous les difcours ne forment qu'un vain fon.

Pourquoi nous efforcer d'être autres que nous sommes !
Dépendroit-il de nous d'être Dieux ou des hommes !
De tous les animaux l'homme n'est point le Roi ,
Loin d'être plus parfait, il est contraire à soi :
Un ciron au dedans est un plus bel ouvrage ,
Par sa foiblesse même il a tout l'avantage ;
Ouï ! mieux que l'homme il tend à son but principal ;
L'homme ne paroît né que pour faire le mal ;
S'il croit avoir lui seul la raison pour son guide,
Seroit-ce à ses excès que la raison préside ?
Ah ! par la raison même il est plus malheureux ;
D'où l'on peut inférer qu'il n'est point sous les cieux
D'animal qui raisonne , aucun même qui pense,
Aucun de plus parfait qu'un autre en sa substance.
Quoi ! l'homme prétendroit quil peut seul raisonner !
La fourmi n'auroit rien qui le puisse étonner !
Sans raisonner disons que toute créature
Est l'agent , le ressort de toute la nature ,
Que rien n'est bien ni mal si tout dépend du sort ,
La nature elle-même & la vie & la mort.
   Qui peut tout animer de tout doit être (*b*) l'ame :
Eh ! cette ame est le Dieu que ma raison reclame ;
Vouloir l'approfondir c'est vouloir s'égarer ;
L'on ne peut le comprendre , il faut donc l'adorer ;
Lui seul est infini ; la principale affaire
Pour des Etres bornés c'est d'agir & se taire :
Sentir & craindre un Dieu c'est assez pour le voir ;
L'adorer être juste ouï ! c'est mon seul devoir.
Ouï ! s'il est des vertus qui nous montrent les vices,
La récompense est juste ainsi que les supplices :
(*c*) Ecraser son enfant ou défendre ses jours
Nous prouve un Dieu vengeur des plus pures amours.

Père

(*b*) *Le Moteur.*
(*c*) *S'il y a eu des peuples qui ont violé la loi de nature à cet*
égard , & s'il y en a encore qui la violent , leur aveugle
férocité ne prouve pas plus contre la nature que la superſti-
tion contre l'Auteur de la nature. Il y a toujours eu des fa-
natiques

Père de la (d) nature ! eh ! ton pouvoir suprême
N'est point l'effet du sort tu t'annonces toi-même ;
Tu détruis la chimère éclairant ma raison ;
Le sort s'évanoüit & lui seul n'est qu'un son.
L'ordre de l'univers prouve une intelligence ,
Un Dieu qui fait sentir en tout sa Providence.
Si rien ne vient de rien , un Dieu premier moteur
Fit tout par son pouvoir , il est un créateur ,
Un seul Etre éternel , un seul Etre adorable
Qu'on ne peut qu'admirer s'il est impénétrable.

natiques & des féroces parmi les hommes , ou plûtôt on a toujours donné & on donnera toujours des interprétations différentes à la loi de nature , à la vraye réligion. N'en déplaise au vivant & postiche Abbé Bazin, les sages législateurs sont en plus petit nombre que les conquérans , les tyrans, les usurpateurs , les imposteurs ; c'est ici où il ne faloit pas trop déclamer , sur tout , contre le législateur des Juifs. L'histoire affreuse du genre humain ne prouve que trop que la réligion a toujours été l'arme la plus redoutable dans la main des tyrans : ainsi la superstition & la tyrannie sont devenuës peu à peu les souveraines de ce monde qui semble n'exister que pour être gouverné par des abus. Les hommes ne seront justes & heureux que lors qu'ils seront éclairés par la vraye Philosophie qui commence enfin dans ce Siècle à prendre le dessus sur la tyrannie & la superstition.

(d) Le célèbre jugement rapporté dans les livres Judaïques prouve bien ici la force de la Loi naturelle , la puissance de son Auteur.

EXHOR-

EXHORTATION,

FAITE

A Mr. De ✱✱✱

PAR UN DE SES PLUS SINCERES AMIS.

AVANT-PROPOS.

C'Est en vain que la Tyrannie fait tous ses efforts pour détruire la République des Lettres ; protégée par le ciel elle sera toujours, malgré l'incursion des barbares & des incendiaires, un état consistant où chacun pourra dire en liberté ce qu'il pense. Si les Lettrés, les Philosophes se font la guerre, ils ne sont point avides de répandre le sang humain, d'accumuler des richesses, d'envahir des Provinces & des Etats ; l'amour du vrai est toute leur ambition, leur guerre est donc la plus juste ; ouï ! du choc des opinions naît la lumière. Quand on ne voit pas la vérité au même lieu, se combattre noblement c'est s'accorder. J'admire un Auteur par rapport à la supériorité de ses talens, je ne peux même, quoique je ne pense pas comme lui, m'empêcher de l'aimer, mais j'aimerai toujours davantage la vérité. Si je ne suis qu'un petit ouvrier citoyen de la République, je vais cependant user de mon droit contre un de ses principaux membres ; qui pourroit m'oter mon Privilège ! nous tenons tous le même de l'Etre suprême & nous ne devons reconnoître d'autre loi que celle de la vérité : son amour inné dans le cœur des hommes vengé par leurs remords, leur désir insatiable du bonheur qu'ils ne peuvent trouver sur la terre, voilà la preuve que leur nature doit différer de celle des Brutes, & par conséquent leur Etat après la mort. Gardons nous d'imiter les Brutes par leur férocité, prouvons que nous sommes des humains, des sectateurs de la sagesse ; avec le secours de la raison défendons contre les passions nôtre liberté qui est le plus beau don du ciel ; malgré l'intolérance ou la fureur aveugle de parti, ayons toujours le courage de tendre à la perfection ; si nous nous égarons, remettons -nous sans aigreur les uns les autres dans la route : l'Univers éclairé cédant à l'évidence ne sera plus un jour l'Empire des frénétiques, mais la République des sages.

EXHOR-

EXHORTATION

FAITE A M^R. DE ✳✳✳

Par un de ses plus sincères amis.

It sursùm sapiens homo, eunt jumenta deorsùm. (*)
Ipse Deus justo cælum, infernus sibi morte
Injustus, Brutis cælum, infernus nihil ut mors.

MOrtel ! entens la voix qui te rappelle à toi,
    Qui dit qu'il faut céder à la commune loi
D'où dépend le destin de toute Créature,
Loi qui dans néant doit plonger la nature.
Ton esprit différent de ton fragile corps,
Quand il le sent périr, que pense-t-il alors ?
Dans le néant, crois-tu, que la bonté suprême
Te fera reposer avec l'Univers même ?
Es-tu bien convaincu qu'au delà du Tombeau
Il n'est plus rien a craindre, il n'est point de Bourreau ?
De tant de beaux Ecrits que dit ta conscience ?
Que tout est vanité, tout est extravagance
D'un pur déclamateur qui voulut tout sçavoir,
Qui n'a fait que briller & qui n'a rien fait voir.
Tu vas bientôt à Dieu de ses dons rendre compte,
Et ta gloire bientôt va dévenir ta honte ;
Répare ton désordre, il en est encor tems,
Ta gloire est de le faire à tes derniers instans.
Déjà la vérité vient se faire connoître,
Elle doit triompher, tu vas la voir paroître,

Que

(*) *In vacuum extra mundum.*

Que peut-il te rester de tant de fictions !
Le remord que fuyoient tes contradictions :
L'augufte vérité que tu craignois d'entendre,
Malgré tous tes efforts, fe fait enfin comprendre ;
L'horreur qui te faifit vers le fombre avenir,
C'eft la terreur d'un Dieu que tu dois prévenir :
Adore donc ce Dieu qui te preffe au paffage :
Nier eft d'un impie, efpérer eft d'un fage.
Crois-tu te raffûrer par l'incrédulité !
Tu prouves en doutant l'urgente vérité.
Si l'homme naît & meurt de même que la Brute,
L'un & l'autre, dis-moi, par une même chute
Iroient dans le néant joüir d'un fûr repos,
Terminer une vie en proye à tant de maux ?
Le jufte & le méchant par une loi commune
Au jour de leur Trépas courroient même fortune ?
Eft-ce bonté, Juftice, en finiffant nos maux,
Que le premier Moteur nous rendre tous égaux ?
Si je fens le contraire, eh ! déjà je dévine,
J'apperçois la raifon dans la raifon divine.
Différent de la brute, ouï ! l'homme doit joüir
De l'Eternel bonheur qu'il a pû preffentir,
Qu'il à fçu mériter obfervant la juftice ;
Mais l'Eternel remord doit faire le fupplice
Du méchant plus brutal que la brute ici bas,
Qui ne peut rien prévoir au delà du Trépas,
Qui meurt fans s'en douter, qui ne vit que pour vivre,
Et qui dans le néant fans horreur peut fe fuivre.
La Brute n'obéit qu'à la loi de fes fens,
Et n'a d'autre bonheur que les plaifirs préfens,
Sans fonder l'avenir elle eft toujours contente,
Reffent-elle des maux, c'eft contre fon attente ;
En éprouvant les coups d'un rigoureux deftin,
Elle peut-être heureufe en ne fentant plus rien :
Et fi l'homme ici bas ne pourroit fatisfaire
Ses défirs infinis, il doit ailleurs le faire.
L'homme doit-il mourir pour une Eternité,
S'il forme des défirs pour l'Immortalité !

S'il

S'il fent avec douleur le néant de fon Etre,
Son Centre eft l'Eternel, un Dieu qui l'a fait naître.
Contre ton fentiment, Sophifte, tu répons !
Quand tu veux repliquer, c'eft toi qui te confons :
La Brute, tu le crois » a la même penfée,
» Elle agit mieux que l'homme, elle eft donc plus fenfée.
Du fuprême moteur refpecte les décrets,
Tu peux bien l'entrevoir fans fonder fes fécrets.
La Brute, il eft trop vrai, de toute créature
Eft la feule qui fuit la loi de (*) la nature,
Qui refte au même point, ne change qu'à la mort ;
L'habitude au dedans eft fon jufte reffort :
L'homme par fes projets & par fon induftrie
Semble ne refpirer que pour une autre vie :
Ouï ! fi l'homme peut feul connoître fon auteur,
L'homme eft digne lui feul de voir fon créateur.
Le même fort attend & la (**) terre & la Brute,
Le pouvoir qui les meut eft la loi de leur chute.
Si l'Efprit divin fouffle où, fi long-tems qu'il veut,
Le bœuf fait ce qu'il doit, l'homme doit ce qu'il peut ;
La peine de la brute a fa fin avec elle,
La péine du méchant devoit être éternelle,
Mais le jufte avec Dieu devoit feul être heureux :
Le bœuf eft pour la terre & l'homme eft pour les cieux.
Sur la terre, dis-tu » tout ne tend qu'à fe nuire,
» Chacun fuit l'Ennemi qui cherche a le détruire,

L'homme

(*) *Malgré l'Abbé Bazin auteur du Dict. Philof. je croirai toujours que l'Hirondelle & tout autre oifeau font leurs nids fans penfer aux proportions ni aux figures géométriques ; la nature du lieu en eft la caufe néceffaire qui n'empêche pas cependant que les nids des oifeaux, felon châque efpèce, ne foient toujours femblables par la façon, quoiqu'ils puiffent varier par la forme. Le ferin qu'on aura inftruit répétera toujours comme un ferin, le perroquet comme un perroquet, l'un & l'autre ne feront jamais d'eux-mêmes de plus grands progrès dans la mufique, & dans l'art oratoire &c. &c.*

(**) *Ce prétendu gros animal.*

» L'homme quoique vivant sert de pâture aux vers,
» Le choc des Elémens ébranle l'Univers,
» Foible joüet du sort tout naît, meurt se succéde,
» Dans des mondes sans borne ainsi le sort procéde :
Ainsi l'homme s'égare en suivant sa raison ;
Sans un Dieu créateur tout n'est qu'illusion.
Que ton sçavoir est vain ! ta principale affaire
N'est point d'approfondir, c'est d'agir & te taire.
O Mortel ! fais le bien, détourne toi du mal,
Le dur Trépas pour toi n'aura rien de fatal :
Veux-tu vivre content ! que toute ta science
Soit d'entendre la voix qui meut ta conscience.
L'Univers ébranlé ne pourroit étonner
Le sage que d'un Dieu rien ne peut détourner ;
De même que l'Enfant il suivroit sa ruine
Sans sçavoir accuser la justice divine :
Le seul méchant se plaint de la fatalité,
Ose en faire un outrage à la Divinité.
Vouloir ce qu'un Dieu veut c'est hommage agréable
Que le juste lui rend sur la terre habitable.
Le Paradis du juste est dans le sein de Dieu,
Et l'Enfer du méchant dans son cœur a son lieu.

A VOLTERRE, 1765.

LETTRE

Ecrite au ROI DE PRUSSE par l'Auteur de l'Analyse de la Réligion &c. &c.

SIRE,

SI j'expofe à VOTRE MAJESTÉ mes réflexions, c'eft pour les foumettre au Salomon du Nord. Vos connoiffances étant fi fupérieures à celles du commun des hommes, vous pouvez envifager les chofes d'un autre œil qu'un fimple particulier. Semblable à la Divinité daignez, SIRE, éclairer celui qui recherche la vérité avec un cœur droit, celui qui devant répondre à Dieu a crû devoir parler aux hommes fans crainte. Il faut avoir beaucoup de courage pour combattre la fatalité lorfqu'on en eft la victime malheureufe ; mais quand un petit gentilhomme voit un Grand Roi défier le Deftin cruel & conferver toujours au milieu des dangers cette fermeté ftoïcienne avec laquelle, SIRE, vous fçutes triompher de tous vos ennemis, il n'eft plus de fatalité pour moi ; un fi grand exemple m'infpire le courage de braver la fortune & peut me faire triompher d'elle fous vos refpectables Aufpices.

Je défirerois être dans un azile affûré où je puffe me livrer tranquillement à l'étude de la Philofophie, méditer vos beaux Ouvrages & apprendre, en les lifant, la route qui conduit à la véritable gloire. J'attendrai les ordres de VOTRE MAJESTE', d'un fi grand Prince dont la fageffe s'étend à tout & ne peut faire que des heureux.

Je fuis avec le plus profond refpect de VOTRE MAJESTE'.

SIRE

De Genève le 14 Octobre 176

Le très-humble, très-obéiffant
& très-fidèle ferviteur.